HÉSIODE ÉDITIONS

AMÉDÉE ACHARD

Pierre de Villerglé

Hésiode éditions

© Hésiode éditions.

1 rue Honoré - 93500 Pantin.
ISBN 9782493135117
Dépôt légal : Septembre 2022

Impression Books on Demand GmbH

In de Tarpen 42
22848 Norderstedt, Allemagne

Pierre de Villerglé

Vers le commencement du mois de novembre 185., le comte Pierre de Villerglé possédait l'une des écuries les plus belles et les mieux composées qu'on put voir dans le faubourg Saint-Honoré : son cheval favori, Calembour, avait gagné le prix du Jockey-Club aux courses du printemps. Le comte occupait un vaste appartement au rez-de-chaussée d'un magnifique hôtel bâti par un fermier-général rue de Miromesnil. Il passait pour très riche, et l'était réellement, bien qu'il eût écorné son patrimoine d'un demi-million pour se mettre sur un pied convenable dans le beau monde de Paris. M. de Villerglé était d'une bonne noblesse de province : l'écusson de sa famille, issue de l'Anjou, figurait dans la salle héraldique des croisades au musée de Versailles. A tous ces avantages, il joignait une santé à l'épreuve de toutes les veilles et de toutes les intempéries. A trente-quatre ans, âge où nous le rencontrons dans la vie, il était grand, maigre et brun, avec des traits irréguliers, une forêt de cheveux noirs, de belles dents, et quelque chose de déterminé dans la physionomie qui n'était point déplaisant. Il avait la voix sonore et le geste un peu brusque. Quelques vieilles dames du faubourg Saint-Germain, auxquelles il était attaché par des liens de parenté éloignée, et qui avaient traversé la cour de Louis XVIII, où se retrouvaient, mais effacés déjà, comme un écho et un reflet des mœurs élégantes et polies de Trianon, disaient de leur petit-neveu qu'il n'avait pas tout à fait les manières d'un grand seigneur. C'était, il est vrai, moins sa faute que celle du temps où il vivait. Si Pierre n'était pas un gentilhomme dans le vieux sens du mot, c'était un véritable et parfait gentleman. On ne pouvait voir en lui ni un aigle, ni même un esprit d'élite; mais tel qu'il était, brave à toute épreuve. avec un cœur droit et loyal, Pierre donnait la main à bien des gens qui ne le valaient pas.

Au moment où notre récit commence, Pierre venait de rentrer chez lui. Il pouvait être neuf heures du matin. Par un mouvement machinal, il chercha un flambeau sur la cheminée et se mit à rire en voyant un clair rayon de soleil qui passait par une fente de la persienne et pétillait sur le tapis. Il ouvrit la fenêtre, et la lumière pénétra à flots dans sa chambre. La pendule sonna, et Pierre pensa que l'heure était peut-être venue de se mettre au lit.

Il jeta un cigare qu'il avait à la bouche, se coucha et tira les rideaux; mais le sommeil ne vint pas. Pierre avait beau changer de position et s'obstiner à tenir les yeux fermés, rien n'y faisait. L'impatience le prit, il se leva. Un grand feu flambait dans la cheminée; il poussa un fauteuil tout auprès, s'y jeta et alluma un second cigare. Tout en fumant, il récapitula dans sa pensée tout ce qu'il avait fait depuis la veille. Jamais journée n'avait été plus bruyamment employée. Le matin, il avait suivi une chasse à courre dans la forêt de Saint-Germain : le cerf s'était fait battre trois heures; son briska l'avait ramené à Paris, et il avait assisté à une poule d'essai à Longchamp. Un poulain sur lequel il comptait beaucoup avait perdu; une pouliche, sur laquelle il ne comptait pas, avait gagné. Il avait dîné au club, et vers huit heures il s'était rendu à l'Opéra, où il avait encouragé de ses applaudissemens la rentrée d'une danseuse qui avait quelques bontés pour lui. Pendant la soirée, on avait causé politique et chorégraphie. L'Autriche avait été fort mal menée dans cette conversation, et il avait été décidé d'un commun accord qu'on ne pouvait pas regretter Fanny Elssler quand on avait la Rosati. Vers minuit, Pierre s'était trouvé, lui sixième, à souper au Café-Anglais. Le souper fini, on avait taillé un baccarat, et Pierre avait gagné quatre cents louis. A trois heures, il saluait sa protégée à la porte de la maison qu'elle habitait rue de Provence, et au lieu de prendre le chemin de son hôtel, il avait repris le chemin du club. On y jouait encore, et il joua. La chance lui fut de nouveau favorable; il ne voulut pas se lever avant que ses adversaires fussent las de perdre, et six heures sonnaient quand tomba la dernière carte. Les joueurs avaient grand'faim, on leur apporta des viandes froides, et ils déjeunèrent. Les bougies brûlaient encore que le jour était venu. On se sépara en se donnant rendez-vous à la porte Maillot pour un pari qui avait surgi entre deux convives, et un coupé, dont le cheval dormait à moitié, avait ramené Pierre rue de Miromesnil.

Cette revue faite, Pierre n'y trouva pas grand plaisir. Toutes ces courses, toutes ces chasses, tous ces paris, tous ces jeux, tous ces soupers, il les connaissait par cœur. C'était comme une route dont il avait franchi chaque étape plus de cent fois. Malheureusement il ne voyait pas de terme à ce voyage, et il ne pouvait se défendre d'un secret effroi à la pensée de recommencer encore et pour longtemps un chemin si souvent parcouru. Il lui semblait que chaque jour était d'une déplorable monotonie malgré l'apparente activité d'une existence toute pleine de bruit. Il éprouvait quelque chose comme un ennui profond, sans savoir d'où provenait cet ennui et sans voir surtout par quels moyens il en combattrait les lassitudes et les abattemens. Il ne lui manquait rien, et cependant tout lui faisait défaut. Il voyait devant lui une longue série de fêtes et de distractions dont le retour périodique ne lui paraissait pas de nature à l'égayer beaucoup, et il ne savait que faire pour échapper à cette quotidienne tyrannie. Était-il donc condamné à la subir toujours? « Si je m'amuse encore trois ans comme ça, murmura-t-il, c'est à périr. » Ses yeux tombèrent sur la cheminée, où l'on voyait un paquet de billets de banque et quelques poignées de pièces d'or qu'il y avait posés en rentrant. C'était là le plus clair résultat de ses occupations de chaque jour; quelquefois il y en avait plus, quelquefois il y en avait moins. C'était le flux et le reflux. Quant au plaisir ou au chagrin qu'il en retirait, c'était la moindre des choses.

Remontant ainsi la pente de ses souvenirs et de ses impressions, Pierre se rappela que l'an dernier, à pareille époque, la personne dont il entourait la carrière dramatique de soins et de bouquets se nommait Augustine. A présent, elle avait nom Aglaé. Il n'y voyait pas d'autre différence. Était-ce bien la peine de changer? Mais la mode le voulait, et il fallait obéir à la mode. – C'est bien maussade! reprit Pierre en secouant la cendre de son cigare. Un jour il avait surpris chez cette Augustine, vers laquelle sa pensée le reportait, un ami intime dont la présence ne s'expliquait pas ou s'expliquait trop bien. La jeune femme se cacha le visage entre les mains. « Ah ! dit-elle, je vois bien que vous ne me pardonnerez jamais ! – Monsieur le comte, s'écria son ami, je suis à votre disposition. » Pierre aurait bien voulu se fâcher, mais le cœur n'y était pas, et tous ses efforts ne réussirent point à le mettre en colère. « Si c'est pour dîner avec moi que vous vous mettez à ma disposition, dit-il à son ami, la circonstance est heureuse; j'ai justement quatre personnes qui m'attendent au Café de Paris. Vous ferez la cinquième : touchez là. » Cette réponse indiquait assez la réplique qu'il fit à la belle. Elle fut du dîner.

Pierre n'eut pas besoin de descendre bien avant dans son cœur pour reconnaître que dans une circonstance pareille il agirait avec Aglaé comme il avait agi avec Augustine. Il en éprouva une sorte de tristesse. « A quoi bon alors? » reprit-il. Ce n'était pas la première fois que Pierre se surprenait dans une semblable disposition d'esprit. Déjà, à plusieurs reprises, il avait senti une sorte de malaise, un embarras, une fatigue dont les effets devenaient de plus en plus profonds à mesure qu'ils étaient plus fréquens. Il en cherchait la cause et ne la trouvait pas. Les amis auxquels il avait parlé de ce malaise avaient haussé les épaules. – Allons souper, disaient ceux-là. – Jouons, disaient ceux-ci. Et il soupait, et il jouait, et il n'était pas guéri. L'écurie et les chevaux non plus n'étaient pas un remède; quant à l'Opéra, où il allait consciencieusement trois fois par semaine, il ne lui apportait aucun soulagement.

Il ne faudrait pas conclure de tout cela que Pierre fût un homme blasé, ou qu'il eût perdu ses illusions; il aimait ce qu'il aimait, le hasard voulait seulement qu'il n'aimât pas ce qu'il faisait. Pour des illusions, il n'en avait jamais eu; il ne connaissait pas la chose, s'il connaissait le mot. Pierre était entré dans la vie par une porte droite, et il n'avait pas donné dans le travers de la mélancolie. L'influence de son frère aîné, qui était un homme d'un grand sens et d'une grande fermeté, avait décidé de son admission à l'école de Saumur malgré l'opposition forcenée d'un oncle, le marquis de Grisolle, qui ne comprenait pas qu'un fils des Villerglé servît le gouvernement de juillet, et voulait que la famille entière se retirât héroïquement dans ses terres. La chose faite, le marquis n'entretint plus qu'un rare commerce de lettres avec sa sœur, la comtesse de Villerglé, et laissa son neveu passer, en qualité de sous-lieutenant, au 4e hussards, alors en garnison à Fontainebleau. Un peu plus tard, le jeune Pierre fut envoyé sur sa demande en Algérie, et il eut bientôt l'occasion de noircir son épaulette toute neuve dans les rangs du 1er chasseurs d'Afrique. Il prit part à toutes les expéditions où ce brave régiment se trouva mêlé pendant une période de dix années, et assista à la bataille de l'Isly. Il était alors capitaine et avait la croix. Il ne faisait que de rares apparitions à Paris, où son plus long séjour, après une blessure qui lui valut un congé de convalescence, ne fut pas de plus de six semaines. Il était en passe d'être nommé chef d'escadron, lorsque la révolution de février éclata. Cette révolution coïncida malheureusement avec la mort de son frère aîné, qui lui laissait une fortune considérable, et dans lequel Pierre s'était habitué à voir un guide et un conseiller. Le marquis de Grisolle en profita pour revenir à la charge, et, tout en se réjouissant d'une catastrophe qui donnait satisfaction à ses longues rancunes, il lui montra la société livrée à des clubistes qui allaient tout mettre à sac. Il lui fit voir, partant pour l'Afrique et armés de pouvoirs extraordinaires, des généraux de faubourgs, frères cadets des Santerre et des Ronsin de la première république. Un Villerglé voudrait-il courber son épée devant de pareils émissaires? M. de Grisolle écrivit tant de lettres et fit si bien, que Pierre envoya sa démission au ministère de la guerre et revint à Paris, où tout d'abord le nom de sa famille et le souvenir de son frère le firent accueillir dans le meilleur monde. Le soin de recueillir la succession qui venait de lui échoir et de mettre toutes ses affaires en ordre occupa ses premiers loisirs. Quand l'empire des mœurs et des vieilles habitudes eut apaisé la tourmente révolutionnaire, il monta sa maison et ses écuries, et bientôt il devint l'un des hôtes les plus zélés de Chantilly et de La Marche. Il y avait cinq ou six ans que cela durait, quand Pierre se laissa aller un matin à cette rêverie dont nous venons de suivre la pente avec lui.

Il regarda par la fenêtre et vit dans le jardin un ouvrier qui réparait un vieux mur dégradé. Le pauvre homme, à cheval sur le faîte, travaillait de bon cœur et chantait à tue-tête.

— Est-il heureux! dit Pierre; il n'ira pas au Bois, ni aujourd'hui, ni demain, ni jamais!

Il se retourna et donna un coup de poing sur un meuble qui était près de là. Ce coup de poing fit tomber un paquet de lettres que son domestique avait posées sur ce meuble. Pierre en ramassa une au hasard et l'ouvrit. La lettre était de son régisseur, et lui apprenait qu'une maison qu'il avait du côté de Dives, en Normandie, menaçait ruine. Les murailles étaient crevassées, et il pleuvait au travers du toit. Il fallait bien huit ou dix mille francs pour mettre la maison en état, et le régisseur n'osait pas prendre sur lui une dépense aussi considérable. Cette maison, qu'on appelait dans le pays la Capucine, rappelait de bons souvenirs à Pierre. Pendant quelques années, à l'époque des vacances, il allait y rejoindre sa mère et son frère, qui s'y rendaient à cause du voisinage de M. de Grisolle. C'étaient alors de grandes parties de pêche et de chasse où il trouvait un plaisir extrême. Que de courses en bateau ! que de promenades sur les falaises! Il revit la mer comme dans un rêve, – la mer, les dunes, le lourd clocher de Dives, les pommiers si souvent mis au pillage, la rivière et le canot qui obéissait si lestement à la rame, les marais d'où s'envolait la bécassine, les pêcheurs et leurs filets, – et il se sentit chaud au visage. – Si je rendais visite à la Capucine? se dit-il.

Une heure après et sans chercher le temps de dire adieu à personne, Pierre avait pris le chemin de fer du Havre. Un paquebot le conduisit à Trouville, d'où un méchant cabriolet le mena tout droit à Dives. Son domestique était tout ahuri et se donnait au diable pour comprendre le motif de ce départ si brusque. – Certainement ce n'est pas à cause de Mlle Aglaé... Qu'est-ce donc? se disait-il. – Quand il arriva à la Capucine, où personne ne l'attendait, Pierre eut quelque peine à se pouvoir loger. La maison était mal assise sur ses fondemens. Il fit porter ses malles dans un pavillon qui dépendait du corps de logis principal : le pavillon n'était pas grand, et il était assez mal meublé; mais Pierre déclara qu'il s'y trouvait à merveille et s'y installa. Son domestique grelottait rien qu'en entendant souffler le vent par les portes mal fermées. Le régisseur voulait qu'on mît au pillage toutes les auberges du pays pour préparer le dîner de M. Le comte. Pierre se fit apporter une omelette, un jambon, un pot de cidre, dîna de fort bon appétit, se coucha et dormit les poings fermés dans un lit à baldaquin dont les draps étaient de toile bise et les rideaux de serge.

Au point du jour, il ouvrit les volets. La vue était magnifique. La rivière coulait à une portée de fusil dans la prairie et tombait dans la mer, au pied d'une grande falaise dont les tons noirs et fauves se mariaient avec les teintes vertes de l'Océan. A gauche, la tour carrée et l'église trapue de Dives dominaient le bourg, dont les maisons basses étaient entourées d'une ceinture de vergers. Des collines à demi boisées fermaient ce côté de l'horizon, où l'on voyait, par une échancrure, le commencement de la vallée d'Auge. Tout en face, les dunes échelonnaient leurs mamelons, derrière lesquels on entendait battre la mer. De ce côté-là, on distinguait le clocher neuf de Cabourg et les cabanes de pêcheurs dispersées le long des prés. Le ciel était rempli de nuées grises, le vent soufflait avec violence : Pierre sortit pour voir la mer.

Trois jours après son arrivée à Dives, tout le monde dans le pays savait que M. Le comte de Villerglé était à la Capucine. Une bande d'ouvriers, maçons, menuisiers, couvreurs, s'était emparée de la vieille maison et se hâtait de la mettre en état de résister à tous les ouragans de l'hiver. On avait cru d'abord, et le régisseur tout le premier, que Pierre ne comptait pas rester plus d'une semaine à la Capucine; mais quand on apprit qu'il avait fait arranger le pavillon de fond en comble et nettoyer une écurie pour des chevaux qu'il attendait de Paris, on comprit que son intention était d'y demeurer quelque temps. Le fait est que Pierre se plaisait chaque jour davantage dans cette solitude. Il partait dès le matin, vêtu d'un épais caban, et battait la campagne dans tous les sens, un jour sur la grève, le lendemain dans la vallée. Il retrouvait un à un tous les sentiers qu'il avait jadis parcourus, et c'étaient pour lui comme des découvertes nouvelles. Le vent ni la pluie ne le pouvaient arrêter. Quand la bise balayait la grande plage qui longe les dunes de Cabourg, il se promenait pendant de longues heures, aspirant avec délices l'écume salée qui volait au-dessus du flot. S'il avait un fusil, il tirait des mouettes ou des cormorans; s'il n'en avait pas, il allumait un cigare et regardait les vagues. Le bruit de la mer lui faisait oublier l'Opéra. Souvent il montait en bateau et s'essayait à manier, comme autrefois, la voile et l'aviron. Quelques-uns des pêcheurs avec lesquels il avait fait ses premières excursions dans la haute mer étaient alors mariés et pères d'une demi-douzaine de marmots. Il avait renouvelé connaissance avec eux, et s'amusait à tendre des lignes de fond comme au temps où il était écolier. Quand son domestique le voyait revenir tout trempé par une bourrasque, il croyait de bonne foi que son maître était devenu fou. – Eh ! Baptiste, disait Pierre, jette une bourrée au feu et va chercher une bouteille de vin vieux... Le curé dîne avec moi.

Toutes les lettres que Pierre recevait de Paris étaient systématiquement empilées sur un coin de la cheminée, et jamais il n'en ouvrait aucune, quelle qu'en fût d'ailleurs l'écriture. Il craignait trop d'y trouver quelque chose qui l'aurait engagé à retourner à Paris. Les enveloppes les plus fines et la cire la plus parfumée ne pouvaient rien contre cette frayeur que lui inspiraient le bois de Boulogne, le foyer de l'Opéra et les boulevards. Pierre ne savait pas s'il était heureux à Dives, mais tout au moins savait-il qu'il ne s'ennuyait plus.

Le marquis de Grisolle, qui habitait un vaste château du côté de Caen, fut bientôt informé de l'arrivée de M. de Villerglé à la Capucine. Il le pressa de venir passer quelques jours chez lui, et il mit tant d'insistance dans son invitation, que Pierre dut céder. La présence d'un jeune homme qui a fait une certaine figure à Paris ne manque jamais de produire une véritable sensation dans une ville de province. Pierre, qu'on savait en outre maître d'une fortune bien assise au soleil, excita partout un vif sentiment de curiosité. M. de Grisolle donna quelques grands dîners à cette occasion, et ses salons furent pleins. Pierre fut l'objet d'un empressement dont les témoignages excessifs l'offusquèrent un peu. Quelques dames qui avaient des filles à marier déclarèrent qu'il était tout à fait charmant, et les invitations ne lui manquèrent pas. Il en accepta d'abord deux ou trois; mais quand il vit que de dîners en dîners et de visites en visites son oncle le condamnait à faire le tour du département, il prétexta une affaire urgente, et prit la fuite. Il n'avait pas quitté Paris pour devenir le lion du Calvados. Cette fuite soudaine diminua les éloges dont le concert s'élevait autour de lui, et la critique se réveilla.

Pierre n'avait pas de parti bien arrêté. Les premiers froids venaient de se faire sentir, et il était poursuivi dans sa retraite par les lettres de son oncle, qui s'était mis en tête de lui faire épouser une héritière du pays. Baptiste espérait que ces menaces et le vent du nord chasseraient son maître de la Capucine.

Un matin qu'il faisait fort doux pour la saison, Pierre se promenait à cheval. En passant du côté de la fontaine de Brécourt, il entendit par-dessus une haie les sons d'un piano. Ces sons partaient d'une maison tapissée de rosiers blancs et tout entourée de gros pommiers. Les fenêtres de cette maison, tournée du côté du midi, étaient ouvertes, et un vent léger en agitait les rideaux. Pierre écouta et reconnut une saltarelle de Rossini. Il lui parut même qu'elle n'était pas mal exécutée. Comme il se dressait sur ses étriers pour regarder par-dessus la haie, le piano se tut, et une voix fraîche lui cria d'entrer. Au même instant, une jeune fille parut à l'une des croisées du rez-de-chaussée, et le salua d'un petit signe de tête amical.

– Très bien! dit M. de Villerglé; mais la porte, où est-elle?

La jeune fille descendit lestement les degrés du perron et lui montra une porte à claire-voie qui était de l'autre côté du jardin. – Bonjour, compère, lui dit-elle aussitôt qu'il eut mis pied à terre.

Pierre se retourna tout étonné. – Compère ! reprit-il.

La jolie Normande, qui tenait le cheval par la bride, haussa les épaules gaiement. – Ah! mon Dieu! dit-elle, que vous avez peu de mémoire! Cette maison, ces gros pommiers, ce puits là-bas, et ce noyer dans le coin avec un banc de bois, tout cela ne vous dit rien ?... Regardez-moi donc bien en face.

M. de Villerglé avait devant lui une jeune fille avenante et fraîche dont le visage souriant lui montrait deux rangées de dents blanches et des joues roses qu'éclairaient deux grands yeux bruns tout pétillans de malice et de gaieté. Il avait bien un vague souvenir d'avoir vu quelque part des traits à peu près semblables à ceux-ci; mais où et quand? C'est ce qu'il ne savait pas.

– Je suis donc bien changée? reprit sa compagne.

Tout à coup Pierre poussa un cri : – Ah ! dit-il, Louise, ma petite commère !

– Enfin ce n'est pas malheureux ! Eh ! oui, Louise Morand... Ah ! c'est bien moi, reprit-elle... Je suis un peu grandie, n'est-ce pas?...

– Pardine, ma commère, il faut que je vous embrasse, s'écria Pierre. Êtes-vous grande ! êtes-vous belle !

Louise rougit très fort. – Embrassez-moi tant que vous voudrez, mais prenez garde à mes violettes; vous en avez déjà écrasé quatre ou cinq, dit-elle.

Après que Louise eut confié le cheval à une fille qui ramassait des herbes dans le jardin, Pierre lui prit le bras.

– Çà! dit-il, pourquoi n'êtes-vous pas venue me voir à la Capucine?

– Dame ! pourquoi monsieur de Villerglé n'est-il pas venu me voir au Buisson ? répondit-elle.

– Savais-je seulement que vous étiez au pays ?

– Voilà justement ce que je vous reproche ; il fallait vous en souvenir.

– Un petit mot est vite écrit !

– Une visite est bientôt faite !

– Si bien que si le hasard ne m'avait pas conduit de ce côté, jamais je n'aurais eu de vos nouvelles ?

– C'est votre faute ; pourquoi ne m'avez-vous pas reconnue l'autre jour à l'église ? J'avais une robe neuve, et j'ai toussé en passant près de vous.

– Oh ! je laisse une petite fille, et je retrouve une femme. Tout le monde tousse, et la robe n'est pas un signalement.

– Tiens ! c'est un écolier qui part, et c'est un millionnaire qui revient. Pouvais-je me jeter à votre tête ?

Louise avait réplique à tout. – Bon ! j'ai tort, répliqua M. de Villerglé ; me pardonnez-vous ?

– C'est déjà fait, dit Louise. Et maintenant que la paix est signée, parlons de nos affaires. Quelqu'un qui vous a vu autrefois à Paris m'a dit que vous aviez un bel uniforme. Vous n'êtes donc plus officier ?

Pierre raconta en quelques mots sa vie. Quant à l'histoire de Louise, elle n'était ni bien longue ni bien accidentée. Son père, professeur de rhétorique au collège de Caen, avait quitté l'enseignement depuis quelques années, et s'était retiré à Dives, où il vivait du produit d'une petite métairie et de quelques économies qu'il avait faites pendant sa laborieuse carrière. Il avait la goutte, et passait la meilleure partie de son temps à traduire de vieux auteurs latins qu'il avait traduits cent fois. Louise prenait soin de la maison, et faisait de la musique à ses momens perdus.

– Il me semble que vous ne jouez pas mal du piano, dit Pierre.

– Bah ! répliqua-t-elle, j'ai les doigts rouilles par l'aiguille et le dé.

Elle fit faire le tour de son petit domaine à M. de Villerglé. – Cet herbage est à nous, reprit-elle, ainsi que les trois vaches que vous y voyez. Là est un champ qui nous a donné beaucoup de pommes de terre. Nous avons encore un enclos et un bout de pré sur la colline… Faut-il que vous soyez ingrat ! comment n'avez-vous pas reconnu les gros pommiers qui vous ont donné tant de pommes ?

– Le Buisson a fait peau neuve, les murailles, qui étaient noires, ont été recrépies à la chaux, et au lieu des volets de bois gris, voilà de belles persiennes vertes !

– C'est mon père qui a eu cette idée-là… Il y a eu pour cent écus d'embellissemens. Louise conduisit Pierre sur le banc qui était sous le noyer et d'où la vue s'étendait sur la plaine. – Voulez-vous une poire? dit-elle; j'en ai de fort belles.

Elle partit en courant, et revint un moment après avec une assiette couverte de fruits. – Prenez, reprit-elle, la Capucine n'en produit pas de meilleures.

– A propos, dit Pierre en avalant un quartier de la poire que venait d'éplucher Louise, qu'est devenu notre filleul?

– Dominique? Ah! ne m'en parlez pas! Je ne me doutais guère, alors que je tenais ce petit homme sur les fonts baptismaux, qu'il deviendrait un pareil garnement.

– Eh bon Dieu ! qu'a-t-il donc fait?

– Pas grand'chose, si vous voulez, mais rien de bon. Il braconne du matin au soir. Pas un lapin qui soit en sûreté avec lui !

– Quel âge a-t-il donc?

– Seize ans, pardine ! C'était en 1839 que j'étais votre commère... je n'étais pas plus haute que ça, et vous étiez déjà un grand garçon.

– Attendez ! Ce Dominique n'est-il pas un gros joufflu qui a des cheveux blonds tout frisés qui lui tombent sur les yeux? Sa tête est comme une broussaille.

– Précisément. Oh ! le travail ne le maigrit pas !

– Eh bien! mon garde l'a arrêté ce matin au moment où il ramassait un lièvre pris au collet. Ah! le petit drôle est mon filleul?

– Ce qui m'étonne, c'est qu'il y ait encore un lièvre chez vous. Quand je lui fais des observations : – C'est bon, marraine, me dit-il; M. de Villerglé et moi nous sommes de vieux amis. – Et le lendemain il recommence.

Pierre se mit à rire. – Bon ! dit-il, je donnerai ordre qu'on m'amène Dominique.

Vers le soir, M. de Villerglé pensa à retourner à la Capucine et demanda son cheval. – Je ne vous retiens pas à dîner, dit Louise, vous voyez que mon père n'y est pas; il est allé au marché de Troarn pour vendre deux bœufs, et je ne sais pas quand il rentrera... Mais demain, si vous voulez, je vous promets un poulet rôti et des beignets de ma façon.

– J'accepte les beignets, dit Pierre, et il partit.

A dater de ce jour-là, les relations de la Capucine et du Buisson devinrent quotidiennes. On rencontrait presque tous les matins M. de Villerglé sur la route de Brécourt. Louise, comme la plupart des Normandes élevées à la campagne, savait monter à cheval, et le père Morand lui permettait de faire de longues promenades avec son ancien élève. Ce père Morand était une espèce de vieux philosophe qui se comparait volontiers aux sages de la Grèce. Parce que l'âge et les infirmités l'avaient obligé de renoncer à son emploi, il disait qu'il avait fui la corruption des villes pour cultiver en paix dans la campagne les belles-lettres et la vertu. Il affectait un langage austère dont le tour et les maximes trahissaient un homme habitué à faire de Tacite et de Sénèque sa lecture favorite. En sa qualité de républicain, il méprisait les richesses et grondait sa servante pour un peu de crème répandue. Au fond, c'était un bon homme qui ne vivait que pour sa fille. La première glace rompue et le maître de la Capucine ayant rendu aux hôtes du Buisson le dîner qu'il en avait reçu, le vieux professeur ouvrit à Pierre sa porte à deux battans, et ne put résister au plaisir de dire en parlant de lui : – C'est mon élève, le comte de Villerglé !..

Vers le milieu du mois de janvier, Baptiste acquit la certitude que son maître ne quitterait pas de si tôt la Normandie. On meubla la Capucine, dont les réparations étaient terminées, et Pierre fit venir deux voitures de Paris. Dominique était à son service. Le lendemain de sa conversation avec Louise, il avait fait venir le petit gars, qui n'avait point bronché en sa présence, il tortillait son bonnet de laine entre ses doigts et riait à demi en regardant son parrain d'un air déterminé.

– Çà, parrain, lui dit Dominique, je m'attendais bien à ce que vous me feriez appeler, mais si c'est pour me faire des sermons, foi de Normand, c'est inutile.

– Il faut pourtant que ça finisse, répondit M. de Villerglé.

– Je n'en sais rien... c'est plus fort que moi... Quand je vois une bête, je cours dessus... Si j'avais ma tête au bout du bras, je crois bien qu'elle partirait comme une pierre.

Cet air de résolution et cette franchise ne déplurent pas à M. de Villerglé. La mine éveillée de ce braconnier imberbe lui revenait aussi. – Écoute, dit-il à Dominique, si tu me promets de te bien conduire et de ne plus tendre de collets, je te donnerai un fusil. Tu te promèneras çà et là dans mes terres; si tu rencontres des lapins, je ne te défends pas de les tuer, et à vingt ans tu seras garde.

Les yeux de Dominique brillèrent. – Un fusil à deux coups? dit-il.

– Oui.

– Dame! parrain, ne plus braconner, c'est dur; c'est un fameux plaisir, allez, que d'attendre le passage d'un lièvre quand il sort du bois, de tendre un piège dans la coulée et de voir au petit jour si la bête est prise. Le cœur vous bat drôlement...... On a un œil sur le collet et un œil dans la plaine pour voir si le garde ne vient pas... Mais puisque vous y tenez et que vous êtes mon parrain, eh bien ! soit, j'y consens.

Pierre vit bien, à la quantité extraordinaire de lapins qu'on apportait à la Capucine, que Dominique se promenait consciencieusement sur ses terres.

Lorsque M. de Villerglé avait pris le parti de se dérober par la fuite aux invitations de la société aristocratique de Caen, il avait promis à M. de Grisolle de retourner le voir à son château; il ne pouvait à présent se décider à tenir sa promesse. Un jour il en était empêché par une visite à faire au haras de Dozulé, où l'on procédait à une vente d'étalons, une autre fois il avait une entorse; mais rien par exemple ne retardait la visite qu'il faisait chaque jour et souvent deux fois par jour à ses amis du Buisson. Dominique, qui comprenait les choses sans qu'on lui en parlât, disait de tous ces prétextes que sa marraine les tenait dans sa main. Le soir, quand

Pierre suivait les bords de la Dives pour rentrer à la Capucine, il comparait quelquefois par la pensée la vie qu'il menait dans cette retraite à celle qui si longtemps l'avait agité à Paris, et il s'étonnait du repos qu'il y trouvait. C'était même plus que du repos, c'était un profond apaisement, une quiétude parfaite, que ne troublait même pas l'ombre d'un regret. Le lansquenet, l'Opéra, la Maison d'Or, tout ce tumulte et ce bruit des jours passés lui semblaient autant de chimères auxquelles le réveil l'avait fait échapper. Quelque chose cependant lui manquait encore, mais il ne pouvait pas dire quoi; il croyait que c'était l'habitude.

Un jour après la messe, où Louise avait voulu que son compère allât chaque dimanche, M. de Villerglé entendit une bonne femme qui parlait du mariage de Mme Morand. – C'est une affaire conclue, disait la bonne femme. Pierre la regarda et n'osa pas l'interroger. Il rentra pour déjeuner et trouva tout mauvais. Il avisa Dominique, qui s'en allait son fusil sur l'épaule, et lui ordonna de rester à la maison; il était fatigué, disait-il, de l'entendre brûler sa poudre aux mouettes. Il alluma un cigare, et le cigare ne brûla pas. Tout marchait de travers ce jour-là. Certainement Pierre n'avait rien à voir au mariage de sa commère, qui avait bien le droit de donner son cœur au premier venu; mais enfin il aurait été poli de l'en prévenir. – Je vais le lui dire, murmura-t-il.

Il sauta sur un cheval et courut au grand galop vers le Buisson. Quand il fut à l'angle du chemin derrière lequel on voyait la maisonnette, il s'arrêta court. Le cœur lui battait un peu. Louise vint au-devant de lui. – Voilà une heure que je vous attends! dit-elle. Et notre promenade ?

Pierre s'excusa ; il avait eu dix lettres à écrire, puis il avait craint de la déranger.

– Moi ! reprit-elle, vous savez bien que le dimanche tout est en ordre à la maison ayant midi. Elle noua les brides de son chapeau, jeta son châle sur ses épaules, et sortit. Pierre marchait derrière elle d'un air bourru. Il coupait les branches à coups de houssine.

– Çà! dit Louise, qu'avez-vous donc ? On dirait que vous mâchez des épines,

– Dame! répondit Pierre, ce n'est pas que je vous en veuille, mais enfin vous auriez bien pu me dire que vous alliez vous marier.

Louise partit d'un éclat de rire. – Et qui vous a conté cette belle nouvelle ? dit-elle alors.

– Ce n'est donc pas vrai? s'écria Pierre.

– Mais, mon pauvre compère, m'est avis que le premier à qui je demanderais conseil, si je devais me marier, c'est vous.

– Oh bien ! je ne vous le conseillerai pas de si tôt; n'êtes-vous pas heureuse ainsi ?

Pierre se souvint de Dominique, qu'il avait laissé à la maison fort triste sur un banc. – Bon ! pensa-t-il, demain je lui ferai cadeau d'une belle poire à poudre.

Il avait pris le bras de Louise sans y penser. – Eh ! reprit-elle, il faudra pourtant bien que ça finisse par là; mon père se fait vieux, je vais sur mes vingt-deux ans, je ne peux pas rester seule au Buisson.

– Bon, dit Pierre, vous avez le temps.

Quand il revint à la Capucine, Pierre ne trouvait plus que de bons cigares dans son étui. – Eh ! eh ! dit-il à Dominique, qui rôdait devant la maison, j'ai vu tantôt un lièvre qui sortait du petit bois de chênes du côté du père Marteau... Va te mettre à l'affût, tu l'auras.

Le père Morand eut un accès de goutte. Il avait beau citer les anciens et parler de Zénon, on voyait qu'il souffrait beaucoup. Il maugréait parfois comme un païen, et sa philosophie avait des impatiences terribles. Louise avait pour lui mille tendresses et mille soins; elle était active, gaie, complaisante, et ne le quittait pas d'une minute. Elle lisait à voix haute ses auteurs favoris et prenait des notes sous sa dictée. Un peu de pâleur était le seul indice qu'on eût de sa fatigue. Son humeur n'en était ni moins prévenante, ni moins enjouée. Pierre lui tenait fidèle compagnie. Un soir que le père Morand avait été comme un dogue à la chaîne, Pierre prit la main de Louise en s'en allant. – Je vous admire, dit-il.

– Oh! c'est mon enfant, répondit-elle.

Après qu'il avait passé la journée au Buisson, Pierre, pour se délasser, prenait un fusil et allait avec Dominique se mettre à l'affût des canards sauvages. Les lettres qu'on lui écrivait de Paris continuaient à s'empiler sur sa cheminée; mais, aguerri déjà, il en ouvrait au hasard quelques-unes et s'étonnait qu'on pût s'intéresser aux débuts d'une danseuse nouvelle et aux luttes de quatre chevaux anglais courant sur une pelouse.

Lorsque la convalescence du père Morand fut en bonne voie, Pierre et Louise recommencèrent leurs promenades. Un matin qu'ils suivaient un sentier dans la vallée de Beuzeval, M. de Villerglé demanda à Louise si elle était toujours décidée à se marier.

– Décidée ? répondit Louise, est-ce qu'on sait ? Encore faut-il bien être deux, pour que la chose soit possible,

– Eh bien ! commère, le mari est trouvé, c'est moi.

Louise regarda Pierre et se mit à rire.

– Ce n'est pas sérieux, ce que vous me dites là! reprit-elle.

– Mais si !... c'est très sérieux... Si vous m'acceptez, pardine ! vous serez ma femme dans huit jours.

– Comme vous y allez... Vous m'aimez donc ?

– Apparemment.

– Mais, compère, vous ne m'en avez jamais rien dit.

– Il fallait bien attendre que ce fût venu pour vous en parler.

– C'est tout de même singulier, reprit Louise, une fille comme moi et un monsieur comme vous.

– Ce monsieur trouve le pays charmant, et de grand cœur il y passera sa vie avec vous. Est-ce dit ? J'ai juré de ne plus remettre les pieds dans Paris... Vous êtes d'une humeur qui me plaît, et je suis fait aux manières du bonhomme Morand. Si ça vous va, donnez-moi la main.

– Dame ! répondit Louise, la chose pourrait certainement s'arranger;... mais il y a Roger.

– Quel Roger ?

– Un beau garçon qui m'aimait beaucoup et à qui je le rendais un peu... Il est parti.

– Ah ! et où est-il ?

– Si loin, que ce n'est pas lui qui dansera à la noce ! Ce Roger, – un beau et brave garçon, soit dit sans vous fâcher, compère, – était capitaine au long cours. Le premier navire qu'il a commandé a péri, le second tout de même. C'est en Amérique qu'il a fait naufrage.

– Bon ! il est mort.

– Pauvre Roger! que c'est méchant !... Les dernières nouvelles que nous en avons eues étaient datées de La Havane. Depuis lors il ne nous a plus écrit. Je crois bien qu'il m'a oubliée.

– Et vous ? reprit Pierre d'une voix un peu tremblante, y pensez-vous toujours, et ne vous consolerez-vous pas de l'avoir perdu ?

– J'y pense comme à un ami qu'on regrette de ne plus voir. Quant à ne jamais me consoler, c'est beaucoup dire. – Cela étant, je ne vois rien qui s'oppose à notre mariage.

– Je vois bien, mon compère, que vous parlez sérieusement, et quoique je n'eusse jamais pensé à devenir comtesse, il faut que je vous réponde. J'ai pour vous une bonne amitié, bien sincère et bien vraie : j'ai appris à vous aimer depuis que vous êtes revenu au pays; mais si vous demandez quelque chose de plus, je suis votre servante et vous tire ma révérence.

– Le reste viendra avec le temps.

– Je le désire, et ferai de mon mieux pour que cela vienne. Je ne vous promets pas de ne jamais plus penser à Roger, comme cela m'arrive toutes les fois que le vent souffle. La mer est si terrible !... Cela dit, ma confession est faite. Mon père me presse de faire un choix. Deux ou trois jeunes gens du pays m'ont demandée, un fermier de Varaville, qui a quelque bien, et le premier clerc du notaire de Touques. L'un ne me convient pas plus que l'autre. Vous, c'est différent, je vous connais. Donc allez voir mon père, et s'il dit oui, vous n'aurez plus qu'à me mener à l'église.

Le soir même, M. de Villerglé causa avec le père Morand. M. de Villerglé avait contre lui sa noblesse, ce qui choquait les principes du vieux professeur. Il avait un titre, des parchemins, et les anciens ne connaissaient pas ces choses-là. Cependant, comme la philosophie voulait qu'on s'accommodât des imperfections humaines, le bonhomme donna son consentement. Pierre embrassa Louise sur les deux joues : – Pardieu ! ma commère, il n'y a plus moyen de s'en dédire, vous voilà ma femme ! dit-il avec ravissement.

La nuit était magnifique, et il prit par le plus long pour rentrer chez lui. Il lui semblait qu'il avait vingt ans. – Bon ! dit-il, j'aurai beaucoup d'enfans, et j'élèverai des bœufs.

Pierre avait fait venir, on le sait, deux voitures de Paris. Il en mit une à la disposition de Louise. Dès le lendemain, on les vit ensemble à Dozulé, où c'était jour de foire, et, à partir de ce moment-là, ils ne cessèrent pas de se montrer partout, bras dessus bras dessous. On savait que la noce devait se faire après le carême. Une voisine qui avait connu le capitaine au long cours hocha la tête et fit la moue : – Les hirondelles sont parties... Adieu, Roger, dit-elle.

Ces courses, ces emplettes, ces promenades, ces arrangemens intérieurs qui bouleversaient la Capucine, toute cette pastorale plaisait fort à M. de Villerglé. Il se souvenait de Paris et riait de tout son cœur. – Je voudrais bien voir la figure que je ferais si j'étais à l'Opéra, disait-il, et qu'on vînt m'apprendre que je me marie avec une petite Normande de Cabourg ! – Toute cette joie était partagée par la famille Morand; seulement Louise se montrait moins gaie qu'on n'aurait pu le supposer, faisant un mariage qui était bien au-dessus de tout ce qu'elle pouvait espérer. Quant au professeur, il ne parlait jamais de Pierre qu'en disant : « Mon gendre M. Le comte ! » Ce dernier mot semblait même ne pouvoir sortir de sa bouche, tant il était gros. Un soir, M. de Villerglé le surprit en train de feuilleter de gros volumes et des liasses de vieilles chartes sur lesquels il prenait des notes. – Eh ! eh ! dit le professeur, les Villerglé étaient aux croisades, mais il y avait un Morand dans l'armée de Guillaume le Bâtard !

Les bans allaient être publiés, lorsqu'un matin Pierre vit arriver Louise à la Capucine. Elle était fort pâle et tout effarée : – Qu'y a-t-il ? s'écria Pierre.

– Ah ! dit-elle, il y a que Roger est arrivé.

M. de Villerglé se sentit pâlir. – Eh bien ! dit-il, il s'en ira comme il est venu.

– Ah ! le pauvre garçon, il est si malheureux !

– Vous l'aimez encore !

– Pardine ! je l'ai bien senti en le voyant.

C'était le premier cri, le cri parti du cœur. Pierre en fut bouleversé. Louise se sentit émue à la vue du chagrin qu'elle avait causé. – Il ne faut pas que cela vous désole, reprit-elle, on n'est pas maître de ces premiers mouvemens ; mais vous avez ma parole, et je la tiendrai C'est toujours votre femme qui vous parle.

Deux larmes s'échappèrent des yeux de Louise.

– Mais enfin d'où vient-il? s'écria Pierre.

– Vous savez qu'il était à La Havane, où il cherchait à s'employer. Il avait perdu à peu près tout ce qu'il avait, et n'osait plus nous écrire. Enfin il trouve à s'embarquer sur une goélette qui allait à la Nouvelle-Orléans; la goélette est rencontrée par un ouragan et périt : un navire ramène Roger à Honfleur. A peine débarqué, il apprend que je vais me marier. C'est au temps où courait ce bruit dont vous m'avez parlé : il s'agissait de vous et non d'un autre comme vous l'avez cru. Voilà mon Roger qui perd la tête; il quitte Honfleur, et vient à Dives pour me faire ses adieux. Au moment d'entrer au Buisson, le courage lui manque, et il s'en allait sans m'avoir vue, quand je l'aperçois... Je l'ai appelé, il s'est arrêté, et j'ai couru à lui. Est-il changé, mon Dieu!

Louise pleurait en achevant. – Vous ne m'en voulez pas, reprit-elle, il partira demain, et je sens bien que je ne le verrai plus !

– Et s'il ne part pas ?

– Ça ne m'empêchera pas d'être votre femme.

Pierre prit la main de Louise. – Bon, dit-il, je verrai Roger. M. de Villerglé ne savait pas encore ce qu'il ferait. Il sentait bien qu'il aimait Louise, mais quelque chose lui disait qu'il ne pourrait pas la disputer à Roger. Roger était pauvre et malheureux, il avait donc tous les avantages. Cependant Pierre comprenait bien aussi qu'il n'aurait pas le courage de la céder sans luttes. Il ramena Louise au Buisson, et s'enferma avec le père Morand.

Le père Morand n'était pas troublé par l'arrivée inattendue de Roger; il ne voyait rien là qui fût de nature à modifier ses résolutions. Il avait tendu la main cordialement au capitaine, l'avait prié de vider un verre de cidre avec lui, et c'était tout. Si Roger voulait rester pour la signature du contrat, c'était bien; s'il voulait s'en aller, on lui souhaiterait bon voyage, après quoi le curé chanterait la messe. Quant aux craintes que Pierre laissait entrevoir, un homme habitué à vivre en compagnie des Grecs et des Romains pouvait-il se laisser attendrir par les larmes ? Si Louise était assez folle pour aimer encore Roger, c'était un détail, et elle épouserait M. de Villerglé.

– Épouser une fille contre son gré ! dit Pierre, quel diable de cœur me croit-on !

Quand il quitta le Buisson, Louise avait les yeux rouges. – Bon! dit-il, vous allez voir que ce sera à moi de vous consoler !

Le lendemain, il se promena de tous côtés jusqu'à ce qu'il eût rencontré Roger. – Ma foi, monsieur, puisque le hasard nous a conduits l'un vers l'autre, dit-il, vous plaît-il que nous causions cinq minutes ?

Roger y consentit de grand cœur. En le cherchant, Pierre n'avait pas de projet bien déterminé. Il était poussé par une sorte d'instinct. Selon que l'entretien tournerait, il voulait lui offrir de se battre au pistolet à dix pas pour en finir, ou de partir sur un beau trois-mâts dont il le prierait d'accepter la cargaison.

M. de Villerglé avait passé deux ans au collège de Caen en compagnie de Roger; il le reconnut au premier coup d'œil. Il avait devant lui un jeune homme blond, de bonne mine, qui avait l'air doux et triste.

– Ah ! c'est vous! dit-il, c'est étonnant que ce nom de Roger ne m'ait rien rappelé ! Il paraît donc que vous aimez Louise ?

– Pourquoi me parler d'une chose qui ne peut me mener à rien ? répondit Roger. J'imagine que vous êtes assez généreux, tout le bonheur étant à vous, pour ne pas vous railler de mon chagrin.

– Dieu m'en garde ! j'aime trop Mlle Morand pour ne pas comprendre tout ce que vous devez éprouver.

Pierre alluma un cigare et prit un sentier qui menait sur les dunes. Il aspirait violemment la fumée et donnait de grands coups de talon dans le sable.

– Çà, reprit-il, quoique je sois votre rival, ne voyez pas en moi un ennemi... Parlez-moi donc comme si nous étions encore au collège de Caen.

Pourquoi n'avez-vous pas écrit à Louise depuis plus de six mois ?

– Eh ! le pouvais-je ? Rien ne me réussit. Il suffit que je mette le pied sur un navire pour qu'il périsse. C'est un miracle que je sois arrivé à Honfleur. J'avais entrepris tous ces voyages dans l'espérance de gagner quelque argent. Quand je me suis vu sans ressources, le courage s'en est allé. Le vieux père Morand aurait pu croire que je demandais la main de Louise pour le bien qu'elle a. Il sait compter, le père Morand, malgré les belles phrases qu'il tire de ses livres. Quand on m'a dit que Louise allait se marier, je me suis mis en route pour Dives sans savoir ce que je faisais; mes jambes allaient comme d'elles-mêmes. Je voulais la voir une dernière fois et puis m'embarquer. Cette fois le naufrage eût été le bienvenu.

– Et vous n'avez pas pensé à me tuer ? dit Pierre.

– Moi! et de quel droit l'aurais-je fait? Pourquoi me soupçonnez-vous capable d'une si méchante action ? Savais-je seulement si Louise vous aimait ? Fallait-il la punir par un malheur de l'affection qu'elle m'avait montrée ? Dieu m'est témoin que je n'y ai jamais songé. C'est bien assez que je sois malheureux sans que Louise partage ma mauvaise fortune. Avec vous, elle n'aura rien à désirer... Je m'en irai tranquille de ce côté-là.

– Mais enfin depuis quand l'aimez-vous, pour tant l'aimer ?

– Depuis toujours... Cela a commencé quand elle était toute petite. Tenez, il vous souvient du jour où elle fut marraine de Dominique. Elle avait sept ans : je la vois encore avec sa robe blanche. Moi j'avais à peu près votre âge. J'éprouvai je ne sais quel horrible mouvement de jalousie, quand je vous vis à côté d'elle dans l'église... J'avais une envie folle de sauter sur vous. Depuis lors ça n'a fait qu'augmenter. Mon Dieu! j'ai été jeune comme tant d'autres, j'ai couru le monde, et Louise n'était pas auprès de moi; mais je pensais à elle, et je vivais dans l'espoir qu'elle serait un jour ma femme. A présent c'est fini.

– Qui sait ? dit Pierre en serrant la main de Roger.

Pierre se promena sur le bord de la mer une partie de la nuit. Il ne pouvait séparer Louise de Roger par la pensée, et il se sentait horriblement triste. – Ah ! disait-il, si c'est là ce qu'on appelle l'amour, je m'en souviendrai.

Comme il rentrait au petit jour à la Capucine, il rencontra Dominique qui fredonnait, son fusil sous le bras. Depuis que le mariage de Louise avec M. de Villerglé avait été décidé, Dominique portait un habit de garde dont il se montrait très fier. – Eh ! monsieur, cria-t-il, à quand la noce ? Pierre ne répondit pas et courut dans sa chambre, le cœur serré. Il tomba sur un fauteuil, le visage couvert de larmes. – Est-ce bête ? dit-il, je pleure comme un enfant !

Mais Pierre n'était pas homme à pleurer longtemps. Il frappa du pied violemment. – Ce n'est pas le moment de larmoyer, dit-il, il faut agir et faire son devoir. – Là-dessus il sortit et marcha droit devant lui, comme un soldat qui va au feu. Bientôt après il était au Buisson. Louise vint à sa rencontre. – J'ai prié toute la nuit, dit-elle ; je viens d'écrire à Roger... Il quittera le pays.

– Vous êtes un brave cœur, répondit Pierre ; mais cette lettre est-elle partie ?

– Il y a une heure.

– Et le père Morand est-il là ?

– Oui... il règle ses comptes pour le mois.

– Bon !... j'ai à lui parler... Attendez-moi dans le jardin.

Pierre poussa la porte et s'assit auprès du vieux professeur, qui essuya proprement sa plume.

– Bonjour, mon cher comte. Prenez-vous quelque chose ce matin? dit le philosophe.

– Allons droit au but, répliqua M. de Villerglé. J'ai beaucoup réfléchi depuis trois jours... Ce mariage que nous avons projeté vous paraît-il possible ?

– Et quel empêchement y voyez-vous, s'il vous plaît ?

– J'en vois un, et cela suffit : votre fille aime Roger.

– Le capitaine! la belle affaire! Est-ce que je ne suis pas le père Morand ! s'écria le professeur en frappant du poing sur un livre. Il y a dans l'histoire de nobles exemples dont je saurai m'inspirer, et, comme Brutus...

– Il ne s'agit point de Brutus, et nous sommes en Normandie, s'écria Pierre à son tour. Laissons Rome en paix, et pensons à votre fille. Je n'ai pas le droit de la rendre malheureuse pour une parole qu'elle m'a donnée !

– C'est-à-dire que vous reprenez la vôtre. On m'avait bien dit que M. Le marquis de Grisolle vous ménageait une riche héritière, Mlle de Fourquigny... A présent vous méprisez notre alliance... Voilà qui est tout à fait d'un gentilhomme.

Pierre sauta sur ses pieds. – Mordieu ! dit-il, si vous n'étiez pas le père Morand!...

Il fit quatre ou cinq pas dans la chambre et se rassit. – Bon ! reprit-il, fâchez-vous; moi je ne me fâche pas... Souvenez-vous bien seulement que le mariage et moi nous sommes brouillés à tout jamais.

– On verra, murmura le professeur. – En attendant, continua Pierre, Louise est là qui pleure. Il faut se dépêcher... Qu'avez-vous à objecter contre Roger ?...

– Un beau mari qui perd tous les navires qu'on lui confie !

– Il ne naviguera plus.

– Et qui n'a ni sou ni maille !

– Ça me regarde.

– La belle alliance qu'un M. Roger ! d'où ça vient-il ?

– Pardine ! d'Honfleur, comme je viens de Paris !

Le père Morand murmurait encore, mais il était ébranlé. Pierre sortit un instant. – Allez chercher Roger, dit-il à Louise.

Louise se sauva à toutes jambes. Pierre la suivit un instant des yeux et retourna auprès du père Morand, un peu triste. – A-t-elle couru ! se dit-il. Il contint son émotion et recommença bravement à discuter la question du mariage. Après une heure de conversation, la victoire lui resta. – A la bonne heure, et voilà qui est parlé, reprit M. de Villerglé après qu'il eut arraché le consentement du père Morand, votre fille restera près de vous, et vous serez choyé par vos deux enfans. Je me charge de la dot, et, grâce à Roger, il y aura toujours du vin vieux dans le cellier.

– A la bonne heure, dit le philosophe, il faut bien qu'un père fasse quelque chose pour ses enfans.

Pierre entendit marcher sous les fenêtres et reconnut le pas léger de Louise; quelqu'un l'accompagnait. Le cœur lui battit un peu. Il quitta le père Morand et descendit dans le jardin. – Louise, dit-il, vous pouvez prendre le bras de Roger : c'est votre mari.

Louise devint toute blanche et sauta au cou de Roger.

– Ah ! mon Dieu ! est-ce bien possible ? dit-elle.

Le bonheur l'avait transfigurée. En la voyant si belle et si tendre, Pierre ne put s'empêcher de faire un retour sur lui-même et de penser à tout ce qu'il avait perdu. Il se tourna et cacha sa tête entre ses mains.

– Ah! dit Louise en courant vers lui, que je suis égoïste !

– Non, vous êtes heureuse ! répondit Pierre.

M. de Villerglé retourna chez lui dans la soirée. La Capucine lui parut un désert. A présent que le mariage de Louise et de Roger était arrangé, qu'allait-il faire ? Les choses où il avait trouvé le plus de plaisir le laissaient triste. Ces mêmes sentiers qu'il avait parcourus avec tant de charme lui semblaient mornes ; il se promenait comme une âme en peine, et la plage ne le retenait pas plus que la forêt. Louise n'était plus là pour égayer sa promenade. Sa voix et son sourire, il les avait perdus. Il se sentait redevenu tel qu'il était au moment où il avait pris si brusquement la résolution de quitter Paris. Cet état d'abattement ne cessait que lorsqu'il avait à s'occuper de Louise et de Roger, à qui il voulait constituer une petite fortune. Il leur destinait la Capucine et toutes ses dépendances. Prévenue de ses intentions, Louise eut la délicatesse d'accepter sans hésiter. – Nous vous devons trop pour vous rien refuser, lui dit-elle. Elle était quelquefois attristée du chagrin où elle le voyait, et lui témoignait sa reconnaissance et son affection de mille manières. – Pourquoi ne resteriez-vous pas avec nous ? lui dit-elle un jour; le pays vous plaît, et on vous y aimera de tout son cœur.

Élever des bœufs, c'était bien avec Louise, mais Louise donnée à un autre, le pays ne plaisait plus tant à M. de Villerglé. – Faudra-t-il donc que je retourne à Paris et que je recommence à parier ? se disait Pierre. Il enviait le sort de Dominique, qui battait les halliers en chantant. Les jours lui paraissaient interminables; il en portait les vingt-quatre heures comme un pauvre sa besace. Au plus fort de cet ennui, un soir qu'il était au Buisson, lisant un journal, il poussa un cri : – Suis-je bête ! s'écria-t-il.

– Qu'est-ce ? demanda Louise.

Mais Pierre ne l'écoutait pas. Il prit son chapeau et sortit en courant. – Demain, vous aurez de mes nouvelles, dit-il. Aussitôt qu'il fut à la Capucine, il donna ordre à Baptiste de préparer sa voiture et d'y mettre sa malle.

– Au point du jour nous partons, dit-il.

Au moment où Pierre quitta le Buisson, Louise ramassa le journal qu'il avait laissé tomber. Roger le parcourut. – Je n'y vois rien, dit-il. Louise, qui lisait par-dessus son épaule, soupira et posa le doigt sur un passage du journal où l'on rendait compte d'un combat qui avait eu lieu en Afrique. – Ah ! dit-elle, si j'en crois mes pressentimens, nous ne reverrons pas M. de Villerglé de longtemps. – Le lendemain, au petit jour, poussée par un instinct secret, elle courut à la Capucine. Il faisait un froid vif, et le brouillard couvrait la campagne. Au travers de la brume, elle entendit le roulement d'une voiture qui fuyait sur la route de Trouville. Elle voulut s'élancer dans cette direction, mais la voiture passa rapidement sans que personne la vît. Elle étendit les bras et resta appuyée contre un arbre, le cœur serré. – Il est parti, et il ne m'a pas embrassée ! dit-elle.

C'était bien en effet la voiture de M. de Villerglé. Quand il fut parvenu au sommet de cette côte d'où la vue s'étend sur la vallée d'Auge et découvre un vaste et beau paysage que la mer borne à l'horizon, Pierre fit arrêter le postillon et descendit. Le vent avait chassé le brouillard, on voyait au loin la tour de Dives et la rivière qui brillait aux rayons du soleil levant; une maison blanche se montrait derrière un bouquet d'arbres d'où s'échappait un mince filet de fumée. Ses yeux se mouillèrent en la regardant. Il resta quelques minutes à cette place, jetant les yeux de tous côtés et les ramenant toujours vers cette maison où si souvent Louise l'avait attendu. On aurait dit qu'il en voulait emporter l'image dans son cœur. Le postillon fit claquer son fouet, et les chevaux battirent du pied. Ce bruit arracha Pierre à sa muette et longue contemplation. Il sauta dans la voiture. – En route ! dit-il brusquement. – Les chevaux partirent, et un moment après, un coude du chemin lui cacha la maison et la mer.

À quelque temps de là, un soir, à la Capucine, où elle s'était établie avec Roger, Louise reçut une lettre timbrée de Constantine.

– Une lettre de Pierre ! dit-elle en battant des mains. Elle l'ouvrit à la hâte, et voici ce qu'elle lut :

« Ma chère petite commère,

« Vous doutiez-vous que j'étais en Afrique, à six cents lieues de vous, dans un affreux coin de terre, chez les Kabyles ? C'est une idée qui m'a pris subitement un soir que j'étais au Buisson, quand j'ai poussé ce fameux cri qui vous a tant étonnée. L'idée venue, je suis parti sans vous dire adieu ; j'aurais craint de vous laisser voir tout mon chagrin… Vous étiez si heureuse !

« Qu'aurais-je fait au pays ? Votre présence aurait-elle comblé le vide immense où m'avait jeté votre perte ? Assurément non ! Vous m'aviez désaccoutumé de la solitude. Fallait-il retourner dans cet hôtel de la rue Miromesnil où l'ennui avait failli m'étouffer ? Qu'avais-je fait pour mériter une si triste fin ? C'est alors que la lecture d'un journal m'a tout à coup rappelé l'Algérie et la vie d'autrefois. J'ai senti comme le souffle de la guerre passer sur mon visage, mon sang a coulé plus vite, et j'ai revu comme dans un rêve, passant avec la rapidité de la foudre, mes vieux chasseurs à cheval, les clairons, les drapeaux, les fanfares et tous ces régimens hâlés qui faisaient ma famille au temps jadis. L'odeur de la poudre venait de me monter à la tête ! Quelques heures après, j'étais au Havre, et le chemin de fer me ramenait à Paris. Le ministre, chez qui je suis tombé comme une bombe, a bien voulu me rendre mes épaulettes. On parlait d'une expédition, et j'ai laissé là mes amis pour courir à mes soldats.

« J'étais à peine débarqué, que l'expédition s'est mise en marche. J'ai senti l'odeur connue des lentisques, j'ai vu les spahis courant comme des chèvres sur les collines ; cette agitation, cette activité, ce premier tumulte du départ me rappelaient mille souvenirs qui fouettaient mon sang... j'avais la poitrine gonflée. Ah ! quelle joie, chère commère ! Il faisait un temps superbe. Les baïonnettes étincelaient au soleil, et l'on entendait partout le long frémissement des bataillons qui marchent. Avec quels transports n'écoutais-je pas tous ces bruits ! Mon escadron était à l'avant-garde. Dès les premières montagnes, les balles nous ont salués. Mon cheval s'est mis à piaffer... Le clairon a sonné la charge, et nous sommes partis !.. Ah ! je ne m'ennuyais plus ! je crois même que je vous ai un peu oubliée, commère.

« Le soir nous avons bivouaqué sur un plateau. Le temps s'est gâté, et il s'est mis à pleuvoir. Je me suis endormi en regardant l'ombre des sentinelles qui se promenaient le long des feux. Quand je me suis réveillé, j'avais les pieds dans l'eau et la tête sur un caillou... Jamais je n'ai passé de meilleure nuit. Le front me cuisait un peu. Le yatagan d'un Arabe avait coupé le cuir de mon képi. A Paris je croirais que je suis blessé, ici c'est une égratignure. Dominique est avec moi. Rien n'a pu le déterminer à me quitter. Dominique a eu le bras éraflé par une balle.

« Si vous me demandez quand nous nous retrouverons, je n'aurai rien à vous répondre. Que sais-je ? Qu'irais-je faire en Normandie ? vous revoir ? Eh ! mon Dieu, votre souvenir est trop près de moi pour que j'y joigne encore votre présence! Vous n'êtes pas malheureuse, n'est-ce pas ? Donc je reste au régiment. Et puis que vous dirai-je ? je me sens bon à quelque chose, utile à mon pays; cela me relève à mes propres yeux et rachète l'oisiveté ridicule où j'ai vécu trop longtemps. Le marquis de Grisolle, mon oncle, peut me déshériter à présent,... je n'ai plus besoin de fortune.

« Le soir, au coin du feu, quand vous serez seule, pensez à moi. On ne sait pas ce qui peut arriver. Votre pensée me rendra peut-être visite au moment où je dirai adieu à tout ce que j'aime ici-bas, et tout, c'est vous. Il me semble que je sentirai cette pensée s'arrêter sur moi, et mon dernier souffle vous en remerciera.

« N'allez pas croire au moins que je sois malade; c'est la mort d'un camarade qui vient de rendre l'âme qui m'a fait écrire ces quatre lignes. Le pauvre garçon arrivait de France; une balle l'a jeté par terre ce matin. Quant à moi, commère, je me porte comme un chêne; n'ayez donc pas peur.

« Adieu, chère Louise, votre vieux compère vous embrasse et envoie une poignée de main à Roger. Je retiens votre premier enfant; je veux être son parrain. Tâchez que ce soit un garçon, nous l'appellerons Pierre, et j'en ferai un capitaine. »

La lettre finie, Louise s'essuya les yeux et posa sa tête sur l'épaule de Roger. – Que Dieu le protège ! c'est lui qui nous a faits ce que nous sommes, dit-elle.